Som

poemas

LÍGIA DABUL

Bem-Te-Vi

CIP-Brasil. Catalogação-na-fonte
Sindicato Nacional dos Eleitores de Livros
D112S Dabul, Lígia, 1959
Som : poemas
Lígia Dabul. - Rio de Janeiro : Bem-Te-Vi, 2005
104p. : . -(Canto do Bem-Te-Vi)
ISBN 85-88747-15-4
1. Poesia brasileira
I. Título. II. Série.
05-1241 CDD 869.91
CDU 821.134.3(81)-1
18.04.05 22.04.05 009906

Bem-Te-Vi

Av. Presidente Wilson, 321, 10º andar
Centro, Rio de Janeiro, RJ
Cep 20030-021
Fone: (21) 3804.8678
Fax: (21) 3804.8670
E-mail: bem-te-vi@bem-te-vi.net
www.editorabemtevi.com.br

Editoras Responsáveis
VIVI NABUCO E LUCIA ALMEIDA BRAGA

Editora Executiva
LÉLIA COELHO FROTA

Assessoria Jurídica
MANOEL NABUCO

Comissão de Poesia da Coleção Canto do Bem-te-vi
ARMANDO FREITAS FILHO
LÉLIA COELHO FROTA
LUCIA ALMEIDA BRAGA
LUIZ PAULO HORTA
SILVIANO SANTIAGO

Design Gráfico
FERNANDA PINTO

Revisão dos autores

Para Amaury
e Marilda

Saber de cor o silêncio

e profaná-lo, dissolvê-lo
em palavras.

Orides Fontela

Silencia

APAIXONADA ALÉIA

Num segundo e por descuido
a aléia oferece o pulso
ao percurso.
Em seguida desprende-
-se
em
seguida
desprende
um
por
um
seus
arbustos.

A CONCHA

Caminhei das seis às sete e meia
e de todas da areia
quis a mais

nem bela (ninguém saberia),
nem volumosa (não buscava prazer).

Perfeita
recipiente em concha da intenção original.

E foi uma minúscula,
das corriqueiras,

que ao exame da lupa
quedou-se imensa
e linda

em que pese a rachadura
em espiral.

MATIZES

Sargaço, sargaços,
não sei se ao longe
passo ou aos passos de bailarina ao encalço
do exato limite

entre

"água beirando areia" nitidamente replicável
ao infinito

e

o que de fato se passa,
          até ali e
          já não mais,
sob impressões que tensamente fixo nalgum desses
                              apelos arredios de existência.

PREFÁCIO

Estou para dizer coisas que nunca imaginarias
soubesses já ter sido premeditado.
Não se rabiscou a primeira linha
e por transitarmos na ponte indevida
há cansaço.

Desalinhada devidamente a fonte, limpa
a distância entre tangente e simulacros,
ainda assim essas apenas letras
desarrumam, acarinham
tua maldade.

PARA QUE LEIAS

Poucas vezes entreguei meu punho
a pena tão seduzida!
Tentada, umedece as tetas
das letras na tua língua:
– E quero morder o seu bico.

A caneta dá-se ao traço em pleno
umbigo do poema e peço:
Recita-me embaixo, isso,
Sussurra aqui lábios versados, rimas
aos riscos que se beijem,
se abrindo em teus cílios e orelhas.

E saboreias.

EM LÍNGUAS DELA

Tenho la mar se o mar na tua fala
e contentamento.

The content:

não há forma ou fórmula que me force a
deter-te, deter
certas viagens

SALUTA

Contido na troça
o brinde

a tudo que tremo
nos traços,
ao trato-me beira

e aos trancos
                    apesar da
                                fluidez.

Brinco pois

em que pese a leveza
do soro cedendo ao fundo
trincado
no encontro

em que pese
pesa e
(entrego-me um pouco aos)
demais.

RIO

Em cilindro teu subentendido rio
com fome da fonte e as galerias
azulazuis percorrenteza agora
que mina a ponta um fio de água grossa.

Arregaço a margem única película
da enchente se em meu peito há regaço
e há subentendida sede em espaço entre
e entra o rio nessa outra cilindra margem.

POUCO MAIS

Pouco

bem pouco ou nada

nem dor que em sílaba resume a palavra

que estendo ao máximo para não parecer poema

talvez à máxima extensão do poema

e se possível

mais.

PIRANHINHO

Detesto o peixe da Lelena.
Tão dependente e delicado
no aquário como eu estaria
(se já não morresse afogada)
transparente boiando na água
parada da vida. Oh da vida.

extremo
extremos,
margens

entre tanto
entretanto,
vale

(da ponte onde
deveria o rio)

EXPANSÃO

no
mí
ni
mo

do
mar
a

gota

Esse texto começa justo onde acaba.
Eu queria ter escrito uma coisa não dita.
Mas perdi-me novamente num detalhe. Falei
do texto como se fosse

CONVITE

Falarei, falarei
todas as línguas que mostrares
se pincéis umedecendo
o que será

sugar, sugar mais tarde
salivado contentamento
– na tua tela ausências
na minha a obra, eu sei
aguarde.

SILENCIA

essa mesa não calcula
a leveza das palavras

essa folha não comporta
a brancura fugidia

em nenhum poema cabe
a ausência da ausência morta

o silêncio
no silêncio silencia

grafo porque o traço
renuncia à ilegível
limpidez

para além

renuncio (porque sôo)
a uma solidão
em um corpo

para quem?

BANHO

tem dias que escrevo malhada
bosta de burro
palha pra burro fumar

uma porrada de palavras

Luzes

COSTUME

Ela carregava o dia na rua
e o cara fez que mordia a outra.
Ao ver a cena preparou-se. Mas com aflição:
não agora.

Mais tarde, remexendo o serviço, mexendo no ralo,
as coisas se abriram naturalmente

como de costume ocorre com flores e asas
das aves quando chega o momento.

PRIMEIRA DE MAIO

Primeiro de maio e abril
ainda agora.

Primeira vez da janela

relembro firmes trêmulas flâmulas,
siglas, broches, sentidos

e sinto sincera incompetência,
vida, sorte, sentida

por tudo em junho por deus
não mais agora:

desmaio o mês com a flanela.

Ela me cobra um veludo. O poema feito para comer. Minto sobre o que vou falar. Indico até o andamento. Empresto o metrônomo. Mas lembro que, eu mesma, ando evitando o açúcar.

A outra quer pendurar estrofes na parede. E o cara conseguiu uma pintura contemporânea, o conceito dentro, e sem moldura. Observo por três horas. Digo que gosto. Até que gosto. Combina com o sofá.

Só que estou aflita. Um poeta ressuscitou ainda agora. Sinto algo que não conseguiria explicar. Um poema feito para ler, imagino. While my guitar

A petulância da lagarta é vagar serenamente. Uma mobilidade que incomoda. Queima e haverá beleza em pêlos. Sugere: não há vôo possível numa lagarta distraída e ao sol.

Se uma lagarta percorresse todas as suas distâncias sobre vidro, um fio de calda ácida dos passos esforçadíssimos indicaria planos nunca percebidos. A imaginação da atmosfera de vidro já sufocaria.

Respiro a passagem livre da lagarta.

Último apito e reprise.
Tumulto na zaga.
Torcida, lenta,
desorganizada

Aos Ritmos

MONTANHA CLUBE

15 anos.
Passava cada pau pela gente
e a gente nada,
fingia que só via os olhos.

LUZES

Tarde a vitrola almofadas
incenso a escorrer almíscar
o primeiro bode em seda
gin gin limonada gin eu
queria apagar as luzes doeu
quando ele entrou em mim.

Foi tarde mas esclareci.

ACESSÓRIO

A pala (alvíssima)
da menina. A
pele cal
ma (palavra al
ma)

no registo.

A cela (d
ela)
toda
na vitrine.

SOB O SOL

quanto lampião
segurou maria bonita

ABORTO

dura impossibilidade
ao invés de me suicidar nos outros

FIO

a mão sinistra
adentra na pista
e aumenta e torneia
a fenda, arrepio:

esmalte incolor
no furo da meia
para que não corra o fio

BRINCO DE ARGOLA

Nessa idade não se evita
o lado de fora. Veloz
o cílio estica o rímel toda a vida
vivida, prorroga-se para trás:

nunca se dobrou uma esquina
sem o retrovisor
que alcança os próprios faróis.

É por isso que preciso
saber como fico
de brinco de
    argola.

Pois do espelho não tiro
o modo que fico.
De soslaio não serve.
De soslaio não fico toda hora.
De relance eu fico mas entre
a luz
de outros olhos. Do espelho
demora. E ao fim,
sozinhos,
não seríamos nós.
Nem seria agora.

Assim, todas as perguntas que fiz
e freio em trânsito por fora:
se eu estivesse distraída,
teus anseios na pista,
num golpe de vista,
como eu estaria
de brinco de
argola?

REVISÃO DA LUA

Tive que deixá-lo no auge de sua paisagem
para poder ver mais uma vez.

A lua fazia farol com a luz do sol.
E logo abaixo se afogava dentro da luz
no mar em movimento.

triste,
como pio solto
sem alpiste
sem água

Repeti, repeti teu nome
e tua ausência entre as vigas insones
de grossas dores e de tantos nomes
derrubou-me por toda a tarde.

Mas soprando levantou-se a noite
de espaços vazios de sono,
em sopros perseguindo outros sopros
seguindo sopros para mais nada.

Teu nome soa em tons, fumaças.
Luzes sussurram sem memória.
Há arrepios perfumando seios.
Leves permanências acordam.

O bico do lápis apenas sente
suave, suavemente,
o murmúrio do teu hálito.

o céu despenca em chuva
cinza é a cor da nossa cidade
aceito qualquer abraço como agasalho
o pensamento no seu avião

por cima da chuva, das nuvens, do cinza,
percorre lá na aeronave guardado
longe dos olhos da cega cidade
fora do alcance cinza da minha mão

Chove tudo.
Chove tanto.
Chove como homem
depois do incômodo
do mormaço. Goza
como vento denso
finalmente molha o suor.

A chuva que se estende em tempo ameno,
desconcentrado,

quero com a boca ainda toda aberta.

AMOR

tem um quê de nada
a ver se há
se houver
haverá
e

Comadrepérolas, haverá
linha que não se renda
em toalhas de mesas postas
grossas do boto em microondas,
no colar a toda
e prosa?

Comadrinhas: não há
porque leite na túrgida teta
– a aurora grassa à noite quando
aeronaves aos ritmos turvam
os olhos acima, bem
acima de fetos e outros
passageiros.

Uma mão lava
a louça

MALMEQUER

pelo sim
pêlo não

TRANSAÇÕES

Dava-se por satisfeita. Abria a porta e dizia
entra na minha festa.
Agora só entrega em troca
da entrada. Do líquido certo.

Depois esconde as chaves.
E cobra juras
pelo empréstimo.

O cão não é
o melhor amigo da mulher.

— Não sei se denoto ou conoto.
— Signifique, disse o referente.

E assim fizemos tanto
que à saída nem reparamos

nos cabelos
molhados.

Alguns poemas deste livro foram publicados em jornais, folhetos, revistas, antologias e fanzines, como Garatuja, Panorama da Palavra, Babel, Urbana, Mulheres, Poetas da Caverna, Corpo: Meu Bem Meu Mal, Blocos, Parto, Jornal de Letras, Literatura, Jornal de Literatura, Boca de Porco, Sinais de Vida, Gênero, Bioética, Cacto.

O poema Silencia é para Paula Padilha.

Comadrepérolas, haverá dedico a Marilda, Angela, Eliane, Maria Clara, Márcia, Denise, Michelly e Flávia.

E - *Não sei se denoto ou conoto* é para o Moacir.

Lígia Dabul nasceu e vive no Rio de Janeiro. Seus poemas estão em revistas e jornais literários, folhetos e zines. É antropóloga, professora da Universidade Federal Fluminense e faz pesquisas em antropologia da arte. Tem diversos trabalhos sobre o tema e em 2001 publicou o livro *Um percurso da pintura: a produção de identidades de artista* (Eduff).

ÍNDICE

Aos Ritmos

Este livro foi impresso em maio de 2005 para a Bem-te-vi Produções Literárias Ltda em papel Pólen Soft de 80 gramas, com tiragem de 1000 exemplares pela Imprinta Express Ltda. Rio de Janeiro, RJ.